은하태양

김영산 시집

동굴 안까지 햇볕이 비추자 무지개가 뜬다.
오오! 공처럼 작은 무지개라니! 저리 작은 무지개는
곡식을 까불던 챙이로 까불면 좋겠다.
두 손으로 받쳐서 오색 등불로 켜도 좋겠다.

2024년 10월
김영산

차 례

● 시인의 말

제1부 연서시상

제2부 서오릉

제3부 모든 시는 연시다

연서시장

연서시장

연신, 연신 연신내가 나를 부른다 시집 한 권이

내게 흘러 들어온다 연신내역 옆에는

연서시장, 연서를 쓰는 일이 생각난다

연서시장 좌판에서

당신을 위해 장을 보는 것이라면

이 연서를 누구에게 쓰고 있나

모든 연서는 장을 보는 마음

내게 꼼꼼히 장을 보라고

그리 이름이 지어진 것이다

연신내

연신내에 가서 연신내역을 올라가면
연서시장이 나오는데
이름이 '연서' 같아
사람들이 붐비는 시장 귀퉁이를 돌아가다가,
나보다 먼저 죽은 사람도 있지만
아직 어딘가에 꼭 살아서,
볼펜 대를 세우고 흰 종이를
그리 붐비는 날에도 챙겨서
옛날처럼 그 사람이 다시
편지를 쓸 것 같은 생각이 드는 것이다

연서시장

연서시장에서 우리는 헤어졌다
토막 난 생선처럼 또 헤어졌다

머리와 꼬리 또 꼬리와 머리

생선가게 총각이
삼치 머리와 꼬리를 생선칼로

생선 토막을 낼 때
지구만 한 둥근 도마 위에서
우리도 우주적으로 만나고 헤어지는데

머리를 뒤로 묶은 꽁지머리
생선가게 주인은
머리와 꼬리를 어창 통에 버리며

탁, 탁
토막글을 쓰는 시인이라는

생각이 드는 것인데

내가 쓰고자 하는 시설詩說도

한 마리 생선이라면

우주 시설을 토막 쳐라

토막, 토막 쳐라

은평구립도서관

연신내역에 내려 지상으로 올라오면
연서시장이 있고
은평구립도서관으로 올라가는 길이 있다

젊은 시인과 늙은 시인은
연서시장에서 만나고
늙은 시인은 젊은 시인을
연서시장에서 기다리고
젊은 시인은 삼치를 사는 늙은 시인을 기다리고
생선가게 주인은 머리와 꼬리를 어창 통에 버리고

연신내역에서 젊은 시인과 늙은 시인이 지상으로 올라와
연서시장 옆
은평구립도서관을 간다

가수 바다가 도서관을 뒤에 두고 뮤직비디오를 찍고
도서관 앞에 모인 시민들이 얘기한다

아니, 도서관을 지으랬더니

도시에 흉물처럼

화장터를 지어놨네

처서

오! 세상에서 가장 작은 무지개를 본다
북한산 중성문 아래 동굴은
바위와 바위가 쌓여
그 전날 비가 많이 내린 날은
맑은 폭포수가 흘러내린다

처서 무렵 여름의 끝자락이었고
주위에 들개 세 마리가 어슬렁거린다
늦더위에 혀를 늘어뜨리고 개들이 사라지자
성곽 돌계단에 석공들의 정 조각 흔적이 남은 곳으로
내려갔는데

동굴 안까지 햇볕이 비추자 무지개가 뜬다
오오! 공처럼 작은 무지개라니! 저리 작은 무지개는
곡식을 까불던 챙이로 까불면 좋겠다
두 손으로 받쳐서 오색 등불로 켜도 좋겠다

가을보다 사랑이 먼저 오고

당신은 가을 시를 써보라고 하셨지요
당신의 무덤 앞에
종이컵에 소주를 따르다가
가을이 시의 계절인데
내게 가을 시가 왜 없느냐고
하던 생전의 말씀이 생각나

가을의 시 한 편을 써보려고 고개를 들었는데
사랑보다는 가을이 먼저 와버렸습니다, 이런
구절이 떠올라
고개를 갸우뚱하며 무덤을 바라보았지요

무덤에 소주 한 잔을 뿌리고
홀로 소주를 마시며 아―
가을보다 사랑이 먼저 찾아와서 다행이군요, 이런
구절이 또 생각나서
무덤이 열매인 것처럼 고개를 갸우뚱 바라보았지요

꽃무릇 앞에서 그네를 탄다

꽃무릇 앞에서 그네를 탄다

꽃무릇 위에 올라서니
참, 재미없는 당신
꽃도 없이 어디 갔나
잎도 없이 돌아오나

꽃무릇 꽃밭은 기다리는 사람들뿐이다
그네에 태워 하늘 보면

모두 팔을 떼어준 사람뿐이다

송정시장

그 사람이 살던 집
송정시장에서 멀리 공항이 보이는
영광통 거리까지 눈으로 걷다 되돌아와,
국밥집 의자에 앉아 옛이야기 떠올려도
지금은 찾을 수 없는 집

당신과 처음 송정시장 국밥집에 들러
천천히 국밥을 먹으며 말을 못 하고,
옛사람들이 사라진 자취를
국밥집 창 너머 거리의
붐비는 사람들 속에서 더듬는다

나는 거리의 옛사랑을 쳐다보고
다시 말할 수 없는 거리를 만들고
더 큰 슬픔이 작은 슬픔을 데리고 가고
옛사랑의 거리에서 사랑을 본다

견우직녀

딸아이를 일 년에 한 번씩 만난다
서울에서 인천까지 거리는 전철로 한 시간 반
초등학교 이 학년 때부터 여태
한 번도 거르지 않고 일 년에 한 번씩만
어언 이십 년째

지 엄마와 닮아가는 딸아이와
칠월칠석이 아니라 이월 이십이 일
지 생일 달에만 만난다

하늘엔 온통 하얀 눈발이거나
살을 에는 추위에 겨울 패딩이라도 사줄라치면
딸아이는 수줍어 늦은 계절이 불편하다

직녀처럼 옷 한 벌씩 짜는 공장에 나가는 딸아이와
24시간 근무 교대 아파트 경비에 나가는 내가
인천문화예술회관 먹자골목에서 밥을 먹고
부녀 가족 상봉은 두세 시간 만에 끝난다

신세계백화점 앞 잠시 생겼다 사라지는
오작교, 육교를 지나
지 엄마가 있는 집으로 가는 딸아이의 버스
창가에서 손을 흔드는 그녀

나는 견우가 아니라 내가 소라는 생각
감옥 같은 두 눈에 은하수 어른거려도
인천 버스터미널 버스 정류장 앞에서
일 년 후를 기약하며 연신 눈을 끔벅거린다

튤립나무

누가 눈여겨보랴
바람도 없는데
눈에 띄지도 않는데
꽃을 피우는 나무들
모두 왕관을 쓰고 있네
노랗게 하얗게 웃네
모두를 왕으로 만드네

손만 떼어내어 기도하는 것처럼 서 있네
튤립나무는 형틀에다 왕관을 찍네 그 공장은
한 평 두 평 세 평 왕관이 수백 개가 쏟아져 나오네
저들의 골격 반짝이는 이마 섬세한 손길 높은 우듬지
왕들은 죄다 왕관을 빌려 쓴 자들이지
너는 아무 사치 없이 노숙을 하고
모두에게 왕관을 나누어 주렴
왕관을 찍는 주물공처럼

거리에서 이 거리에서

아무것도 노래하지 않은 적은 없고

거리의 왕들이 웃는 가운데

거리의 기억이 저무는 가운데

서오릉

시는 정해진 데로 써지지 않는다
나는 비 오는 날 서오릉을 찾아
시마왕의 이야기를 들었다
지구는 묵뫼가 되어가고
공동묘지는 늘어만 간다!
비가 오면 봉분의 흙이 쓸려나가고
볼품없는 노인처럼
초록의 천막을 치는구나
보라!
죽은 여자가 내 여자 네 여자가 따로 있나
정작 죽음 앞에 죽음의 시는 무슨 의미가 있나

  서울의 성곽을 산 위에 쌓았지만
  완성하지 못하고 나는 죽고
  이 왕릉조차 조용하지 않구나

  모두 왕 노릇 하려고 왕릉을 찾아와
  내게 물으니 나는 도망치고 싶다

둘레둘레 돌고 돌아 공동묘지에 이를 테니

공동묘지가 이야기하고 공동묘지가 들어라!
위대한 시인이, 무덤은 최후의 악기라 했구나
더 이상 들려줄 음악이 내겐 없노라

밤낮이 바뀌어 혹시나
무덤의 궁궐에서 잔치를 벌일 거라
생각하지 말 거라

지구보다 큰 시는 없으니
네가 시마 소녀와 가서
자살 기도하던 질투의 바다
그만하면 물방울 하나는 되려니!

바다의 질투

시마왕이여, 서오릉 왕릉에서 저 사과밭을 보면
무슨 생각이 드는가?

"벌써 무덤 맛이 들었겠군.
질투가 심해진 시의 사과!"

시마왕이여, 당신의 질투의 여자들이
옆에도 누워 있지만

무덤도 질투하니! 시의 질투 때문인지
사람도 죽고 사과를 모르니,

시마왕이여, 빨갛게 익은 볼살을
한입 베어 물고파.

       *

이제 사과 이야기는 그만두고

그게 시에 대한 맛일지라도
귀신 맛보다는 낫겠지.

더 이상 말하지 않겠다. 시의
질투는 바다와 같고 시인의 질투는 파도와 같다!
바다보다 질투가 심한 곳이 있으랴?

　질투가 심하기론 바다보다 끈질긴 시가 있으랴.
　소녀 시마와 묵호에 갔을 때
　밤새, 거센 비바람이 시샘하여
　건물 절벽을 삼십 미터 파도의 머리가 솟구쳤다.

건물이 무너지지 않은 게 이상했다. 건물 아래 암초 때문
인지 모르지만. 술을 끊은 지 십오 년, 몰래 마신 술로 암초
에 뛰어내리고 싶었다. 다음 날 우리는 방파제로 나갔는데
테트라포드 경고문이 있었다. 들어가기 쉬워도 나올 수는
없습니다.

지구는 들어가기 쉬워도
나올 수 없는 나의 감옥

시마왕이여, 우리는 액자시를 쓰기 좋아합니다. 시 속의
시. 시마 소녀와 나는 액자시를 좋아합니다. 지구가 답답해
서 그런지 모르겠습니다.

바다 시마를 보러 갔는데 산의 시마를 보고 왔다

높은 산파도 아직도 파도 소리가 들린다

숲에 오면 모든 파도 소리는 솔바람 소리가 된다

시마왕이여, 우리는 보았지요. 묵호 바다에 두 번째 갔던
날 보았습니다. 마침내 천지창조를 보았습니다. 날씨는 맑
았고 달과 별이 떴는데 마치 바다와 같은 하늘이었지요. 우
리는 절벽 건물 베란다 위에 알몸으로 벌벌 떨며 외쳤습니
다. 오 죽고 싶어, 천지창조여!

바다를 옮겨다 놓은 하늘빛, 하늘의 파도를 감당할 수 없
어 우리는 황홀한 취한 배가 되어 흔들렸습니다. 일찍이 위
대한 시인들이 맛본 천지창조는 내 시로는 담을 수 없었던
겁니다. 거대한 바지선이 흔들거리며, 바다와 하늘이 서로
시샘하여 — 맞아요 공동묘지에서 가장 별이 잘 보이지요
— 파도 무덤이 출렁거리고 거기서 별이 생겨나는 겁니다.

우리는 사랑을 견디지 못해 흩어졌네

우리는 사랑을 견디지 못하고 뿔뿔이 흩어졌지

우리 낡은 사랑을 견디지 못하고 뿔뿔이 흩어졌지

노래는 허공을 견디지 못하고 뿔뿔이

흩어진다 그 시절 노래보다는 지금의 노래

지금의 노래보다는 내일의 노래

아이들이 부르는 노래는 죽음에 겁먹지 않고

죽음을 부르는 노래

아버지는 나의 아들

아들보다 더 어린 아들

아들이 되어 돌아온다 아이가 없이 죽은 아버지는

낡은 사랑을 잘 견디고 죽었다

죽어서 사랑을 견디고 살아서 사랑을 견디지 못하고

우리는 사랑을 견디지 못하고 뿔뿔이 흩어졌네

우리 거리에서 만나 거리에서 흩어졌네

거리의 죽음보다 거리를 견디지 못해 흩어졌지

제2부

서오릉

서오릉

우리 집은 서오릉에서 가깝다

702A 버스를 타고 서오릉에 갈 때

시마 소년은 소녀에게 자리를 양보하고

소녀는 임산부에게 자리를 양보하고

사과밭 사과가 붉게 익은 서오릉 입구에 도착한다

한 떼의 어린 소녀들이 가파른 무덤길에서 내리막이

있으면 오르막이 있다고 떠들며 지나가고

시마 소년과 소녀가

소나무길 지나 서어나무길을 나란히 걸어

마지막 왕릉에 도착해보니

시마왕이 혼유석에 노닐고 있다

시마 소년과 소녀에게 자리를 양보한다

서오릉

지구보다 더 큰 시는 없다고
시마왕이 내게 일러줍니다

나는 아침이면 시를 쓰고
잠이 덜 깨 시마왕에 이끌려 서오릉에 옵니다

왕릉이 아무리 많아도 근원과 도덕은 개인사입니다
개인보다 큰 시는 없습니다

　　맞다, 시마왕도 없고 나도 없다!
　　그러니 공동묘지를 그만 헤메거라

어차피 둘레둘레 공동묘지 망우리가 나오더군요
시마왕이여, 내게 보여 줄게 무덤밖에 없습니까
시마 소녀와 나는 답십리 아파트를 지나
거대한 빌딩들을 지나 공동묘지에 이르렀습니다

시마 소년은 늙어, 시마 소녀를 데리고

이십 년째 공동묘지를 헤매고 있습니다

　공동묘지에 죽음의 중력은 개인사가 아니라서 시를 어떻게 쓸지 몰라 혼교魂轎 같은 시의 가마가 필요할지 모릅니다 오죽하면 무덤이 말하고 무덤에게 들으라고 하겠습니까

조나단

귀로 가수 박선주는 스물둘에 노래를 더 잘 부르고 싶어
미국에 갔다

지하철에서 노래하는 사람이 너무 잘한다,
음악은 천재들만 하는 거구나
나는 천재가 아니구나
일 년 반 만에 벌었던 돈을 날려버렸다
월세가 자꾸 밀리고 주인에게 쫓겨났다

벤치에 앉았더니 노숙자가 자기 자리라고
나는 일어났다
왜 네 자리냐고 물었다
그가 파놓은 조나단 이름을 가리켰다

"넌 행복이 뭐라 생각하니?" 내가 묻자 조나단이 대답했다
자기가 원하는 걸 하는 삶이라고
자기는 다 이뤄서 행복하다고
자기는 원래 뉴욕에 사는 게 꿈이었다고

김수영 누나

내게는 김수영 시인보다 김수영 누나가 있다
내 군대 시절 작은누나는 매달 솔 담배 한 보루와
초코파이 한 상자를 보내주었다
어느 달은 과자 밑에 김수영 전집도 함께였다
작은누나는 양장점에서 일했다 나는
김수영 시를 남몰래 읽으며
시인이 시를 짓는 일과
누나가 옷을 짓는 일이 같다는 생각을 했다
누나는 평생 옷 한 벌을 짓고
시인은 평생 시 한 편을 쓰는 것이다
김수영의 '봄밤'이란 시에서
"애타도록 마음에 서둘지 말라"는 구절을 읽다가
여태 양장점에서 일하는 작은누나를 떠올렸다
키가 작아 미싱을 돌릴 때마다
높고 둥근 의자에 앉아서 미싱대를 끌어안고 일했다
내겐 김수영 시인보다 김수영 누나가 있다

연신내

그녀는 시인   나는 보는 귀

나는 듣는 눈   그녀는 시인

그녀는 시인   나는 쓰는 발

나는 웃는 코   그녀는 시인

그녀는 시인   나는 대답하는 성기

나는 우는 뼈   그녀는 시인

그녀는 시인   나는 무릎 꿇는 창자

나는 걷는 배꼽   그녀는 시인

그녀는 시인   나는 사랑하는 입

나는 노래하는 가슴   그녀는 시인

그녀는 시인   나는 검색하는 엉덩이

나는 부러진 목   그녀는 시인

그녀는 시인   나는 잠드는 어깨

나는 푸른 간   그녀는 시인

서오릉

당신, 서오릉에 오셨습니까

시마가 오셨습니까

저랑 같이 산책하시죠

혼길 어로 신로

저물어 갑니다

당신은 어로로 걸으시오

아니오, 혼길로 걸읍시다

무덤의 밤이 낮이고
시인의 낮이 밤입니다

나는 홀로 버스를 타고 집에 왔다

예술의 반역

우주선을 쏘아 올리는 만큼 어려운 일이 있다
버스는 앞서거니 뒤서거니 경부고속도로를 달린다
지방대학의 문학과 시는 저물고 저물어
유리창에 핏빛 노을이 스미는데
유리는 검은 선팅
노을을 막고 저마저 막는다

버스 속에 노을을 좋아하는 것은 시인뿐 모두
차단막을 내리고 잠이 든다
서울까지 두 시간 버스가 막히면
우리는 잠이 든다 잠이 들면 우리는 모른다
금요일 밤 열기

휴일의 환희를 위해
서울로 몰려들거나 서울을 빠져나간다
고속도로의 환희
공중에 떠서 식은 해는 핏빛

지방대 예술대학 건물은 잿빛

정신병동보다는

예술의 반역을 모른다

나는 모른다「우주문학과 시」가 왜 반역인지를 봄이 와
노란 페인트칠하고

새로 단장한 교정에 매화 향기 날리는데

우리는 여전히 일 학년 나도 일 학년

문학연구자료실에서 수업할 때

"모른다"는 시를 써서 낸 적이 있다

나는 그때처럼 지금도 모르고

시가 저물어도 저문 지 모르고

우리 태양이 여전히 은하태양을

이억 년에 걸쳐 한 바퀴 돌고

아스라이 시간 속에 시는 살아

태양의 행로

삼십구 명의 일 학년 단 한 명이 시를 쓰고

한 포기의 새싹을 위한 시를 새로 써야 한다
그리고 모두를 위한 시
우주문학과 시를
칠판에 쓴다 우리 태양이 은하태양을 돌고 도는
긴긴 행로

숫자는 잊어라!
한 번도 헤어진 적이 없고 한 번도 만난 적이 없는
이억 년의 고독을 나는 모른다

이중섭 전에서 본 시인 구상의 가족

이중섭이 대구 외곽 왜관 흙 마당에서
시인 구상의 가족을 그린다

세발자전거를 타는 어린아이
아이 등을 어루만져주는 구상의 눈빛

그의 등 뒤에 다소곳이 선 부인과 어린 딸
이중섭이 거식증에 걸린 것 같지 않게
참, 꼿꼿이 앉아 자전거 타는 아이 손끝에
닿을락 말락 손을 내민다

액자시

우주 시마여, 우주는 끝이 아니라 항시 시작이어서 시를 쓰지 않으면 안 됩니다. 네모나고, 둥근 액자. 삼각형 액자. 우리는 액자인가? 무엇에 갇혀 사는가? 이제 액자시밖에 남은 게 없습니다. 나는 액자시만 썼습니다. 별이 아니라 별 모양 액자별이었습니다.

우주 시마여, 시는 쓰면 쓸수록 액자가 되어갑니다. 액자 게임 때문인지 모르겠습니다. 시보다는 나는 성자를 찾아 나서겠습니다. 시는 성자를 찾아 나섭니다. 하지만 모두 게임 속 성자일 뿐입니다.

우주 시마여, 시를 쓰면서 점점 액자가 되어갑니다. 시마 시집은 없는 데 시를 쓰느라 삼십 년을 견딥니다. 또 삼십 년을 기다립니다. 이래선 안 될까 봐, 성자를 찾아 나섭니다. 성자는 탕자의 시집 속에 있습니까.

나는 지금 성자 이야기를 쓰고 있지만 장례식장 이야기만 쓰고 있습니다.

액자시를 쓰고 있습니다. 무덤 시마도 있습니다. 무덤도 액자입니다.

소녀 시마여, 왜 내게서 떨어지지 않는 겁니까? 서오릉에 나를 이끈 것도 소녀 시마. 서오릉 시를 쓴 것도 소녀 시마. 왜 무덤의 액자에 담겨 있습니까? 우리는 모두 액자 시인입 니다. 집에서 액자를 떼어내어 영구차에 싣고 공동묘지에 왔습니다.

모든 시는 연시다

걷는 사람은 두렵지 않다
걸어서 도착할 곳을 모른다
걷는 사람이 도착한 곳은
자신이 무릎 꿇는 곳이다
알 수 없는 선착장에 도착했다

배들이 모여 배를 대고 있다
조각배 수십 척을 본 것은 처음이다
빨강 노랑 파랑 검정 배들이다
나뭇잎 같은 배들이다 멀리서 보면
가까이서 보면 배들끼리
텅 빈 말을 주고받는 것 같다
아니다 아무 말도 하지 않더라도
배는 나아가고 나는 걸어가고, 자세히 보면
배들끼리 쇠사슬로 연결돼 있고
페인트가 벗겨져 앙상히
회색빛이 드러난 배도 있다

마장동 사랑

마장동 핏물이 뚝뚝 떨어지는
골목에서 우리는 사랑을 나누었네
마장동의 도살장 골목은
도끼를 맞은 애인처럼 드러누워 있네
소머리가 잘려져 큰 눈망울 감아버린 동안
우리는 육즙 많은 사랑을 했네
벌겋게 불판에서 고기가 익도록
내 갈비뼈 가슴을 헤집어
뜨거운 생간을 먹여 주었네
살아서 벗어날 수 없는 도살장 골목이라며
서로가 맑은 눈 소가 되어
마장동 소 한 마리를 통째로 먹기도 했네

섭동이론

소년은 시를 사랑한다
나환자촌에서 아이들이 버스를 타고
여름방학에 노래를 부르며
바닷가로 놀러 간다

영광 영광
버스를 타고 영광에 간다

영광 가마미 해수욕장 건너편 작은
바닷가에 작은 성당

아이들이 기도하고
바닷가에 둘러앉아 노래를 하고

외국인 신부님은 맥주를 마시고 맥주병처럼
둥둥 떠서 노래한다
글로리 글로리

손가락을 똑똑 분질러 시를 쓰나요
나환자촌 아이들 중에 누가 시를 쓰나요
글로리 글로리

소년은 사십 년 만엔가 영광에 들린다
아— 영광
성당을 찾아 헤매지만

원자력 발전소가 있구나
원자력 성당
영광 영광

성당을 밀고 성당을 닮은 원자력 발전소가 들어서고
모두 우주의 일 — 원소들의 반란이
시작된다

아무도 말하지 않고
원소 영성이 영혼에 어떤 영향을 미치는지

바다에 흘러
영광 굴비에 흘러

사람 머리를 닮은 원자력 궁전이
전기를 밝힌다―
글로리 글로리

멀리서 보면 사람 머리 같아요
원자로는 가열되다 폭발해요
언어의 자폐는 위험해요

소녀는 시인을 위로한다
글로리 글로리

지구를 몇 바퀴 돌아 돌아온 성당
소년은 소녀가 준 분홍 펜으로 글로리
글로리 영광

우주항공로

전남 고흥군 도양읍 우주항공로 44

이 주소에서 우체국 택배로 노오란 유자가 배달되었다

제3부
모든 시는 연시다

나무기도

나무를 위해

기도할 필요는 없다

너를 위해 기도하라,

나무는 이미 스스로 기도다

나무는 이미 기도 그 자체

나무는 기도하며 서 있다

서 있는 사원이며 성당

지구는 하느님의 제대祭臺이니.

더 큰 사랑이 작은 사랑을 데리고 간다

모든 나무는 기도하며 서 있다—
오래전에 쓴 시 구절이 생각나고

나무마다 올가미가 보인다
세상을 탓하기엔 너무 여렸다

땀 절은 옷을 나뭇가지에 걸어봐도
축 늘어진 시체로 보인다

사랑은 파괴다…… 아니다……
자연이 죽이고 살릴 것이다

더 큰 사랑이 작은 사랑을 데리고 가고
죽음도 낭비하지 말라고
시 한 편 못 썼다고

애도가 권력이 되다

그리하여 그 시인은
공동묘지에 이르렀다
시를 찾아 이십 년을 헤맨 끝에
누구에겐가 이끌려 어리석게도,
시인의 여정은 공동묘지였다

그를 이끈 것이 시마가 아니라
시마왕일지 모른다고
시대착오적인 생각을 하며

여러 공동묘지를 찾아 헤맸다
그 시인은 나주시 호혜원
나병환자 공동묘지부터

동작구 국립묘지
서오릉 모란공원
망우리 공동묘지 등등
무덤을 찾아 헤맸다

그래서 무엇을 찾았는지 모르지만
나병환자 공동묘지 앞에서 쓴 시
서오릉 왕릉 앞에서 쓴 시
모란공원과 국립묘지 앞에서 쓴 시를
파비처럼 첨부한다

그 시인의 장시의 시설은 산산조각이 나고
그 시인에게 달라붙었던
시마 소녀와 시마 소년이
살았는지 죽었는지 모르지만

공동묘지를 지나 언젠가
동해 묵호 바다에까지 가서
먹물 같은 밤바다를 보다가,
바다에서 공동묘지가 떠오른 일은
여태 잊을 수 없다

하지만 그 시인의 공동묘지

시편은 망우리 공동묘지에서 끝난다

망우! 망우! 망우리 어느 시인의 묘비 앞에서

시 때문에 죽을 수 있다는 사실을 알고

소나무 가지마다 올가미가 보일 때

"너무 멀리 왔구나!"

탄식하던 일은 잊을 수 없다

그곳은 평화로웠다

애도가 권력이 되는 시절도 지나

탕자가 성자가 되는 시절도 지나

시를 쓸 수 있다면 세상 끝이라도,

나환자 공동묘지에서도

서오릉 왕릉에서도

시마왕을 찾을 수 없지만

애써 버리지 못한 공동묘지

시편들을 파비처럼 첨부한다

공동묘지

명절날이면 북적이다가 조용히 잠이 드는 공동묘지는
이 마을의 가장 높은 데에 있다
성당보다 높이 교회보다 절간보다 높이 있다

천주교 구역과 기독교 구역이 실금 하나로 나누어진
무슨 마리아 무슨 베드로 무슨 장로 무슨 신도
이름들이 아우성치는 무덤들 곁에는

육십 년도 전에 시멘트 틀로 찍은 시멘트 십자가가 있고
공동묘지가 사라지면 이 마을이 사라진단다
아파트촌이 들어서면 공동묘지는 사라진단다
공동묘지 소문은 공동묘지 소문일 뿐 여태 모른다

묵뫼 같은 공동묘지들이 있다
옛날의 나환자촌을 일군
나환자들은 움막에 살았다

주인이 없고 자손이 없는 공동묘지는

이 마을의 역사다

아무도 찾아오지 않아 수풀이 말라가는
겨우내 봉긋봉긋 드러나는 무덤들 곁에서

젖을 물리듯 열매같이 새 무덤들이 생겨난다
자식을 데려다 키우고 새 아기를 낳고
어느새인가 무덤 앞에는 비명이 새겨진다

내 죽음의 자랑이 무덤인 것처럼

세상에서 가장 궁금한 게 공동묘지
내 고향은 나환자촌
명절보다 하루 전에 내려와

기어이 오십 년 만엔가
어릴 적에 상엿길을 따라
서성거리는 공동묘지 입구에서
'호혜원 공동묘지'의 이정표를 찾아

공동묘지는 반으로 나뉘어
천주교 묘지 기독교 묘지

공동묘지 사이사이
묵뫼의 옆구리에서
열매처럼
새로 생긴 무덤들이 상쾌하다!

나주 벌판 산골에

내 고향 나환자촌

나는 움막 같은 한 무덤 앞에서
시멘트 틀로 십자가를 만들고
시멘트가 굳기 전에 철필로
꾹꾹 눌러쓴 비명을 읽는다

시멘트 십자가 정중앙: 一九六七年五月十四日 사망 김가
밀나
왼쪽 날개: 부활
오른쪽 날개: 승천

내 죽음의 자랑이
무덤인 것처럼

아픈 성자들이 묻힌 곳
내 고향은 나환자촌

새벽 별

호혜원 공소에
종지기 영주 아버지는
고막 손으로 종을 친다

이 마을 가장 높은 데에서 울리는 종소리
뎅그렁뎅그렁

종탑 밑에서 종지기가 쇠줄을 당기면
옆으로 누웠다 일어섰다
거대한 무쇠 종을 때리는
쇠방울

새벽 기도를 알리는 종소리
잠든
나환자 마을을 깨우는 종소리

누나와 나는
공소의 종지기 쇠방울 소리와

새벽 별 쏟아지는 산동네와

먼 개울을 건너 날마다 공소에 갔던 것이다

귀엽이 아버지

아버지 친구분인 귀엽이 아버지가
스무 살 어린 내게 시를 보였다
아버지 앞이라 민망해하며 시를 보았다
만해의 시를 보듯 속이 타들어 갔다

귀엽이 아버지가 시를 쓰는 줄 몰랐다
볼펜 대를 세워 꼼꼼히 고막 손으로 갱지에
귀엽이 아버지가 쓴 시가
얼쭈 시집 한 권 분량이 되어 보였다

귀엽이 엄마 귀엽이 아버지는 둘 다
호혜원에서 심하게 오그라진 고막 손이었다
고아원에서 기룬 귀엽이를 데려다 키웠다
만해의 시를 보듯 속이 보타져 갔다

나는 아무 말도 못 하고 육필 원고를 읽기만 했다
호혜원에서 서울에 올라와 아버지께 전화를 드렸다
귀엽이 아버지가 죽었다 했다 짐 자전거 타다 트럭에 치여.

귀엽이 엄마도 귀엽이도 소식을 몰라

그 후 시를 찾지 못했다

정미소 집 딸과 밤늦게 부석사에 간다

피댓줄이 돌아가고
피댓줄이 돌아가고
밤늦게 정미소 집 딸과 부석사에 가서
절간 계단을 조심조심 오르며

절간 요사채 창호지에서 흘러나온 불빛이
피댓줄 돌아가는 소리를 잠시 멈추게 해
두근두근 흘러나와
그렁그렁 맑은 눈빛이 잠시 비쳤음을

정미소 집 딸에게노 깊은 눈이 있는 것을
정미소는 쌀눈을 뜨고
절간은 부처 눈을 뜨고

안양루 계단을 막 올라가자
아— 정미소 집 딸의 입이
발동기를 돌리며 피댓줄을 돌리는 순간
절간의 고요보다 큰 고요

절간의 밤 풍경이 처음 내 눈 앞에 펼쳐지는 것인데
눈을 지그시 감은 무량수전
눈빛이
먼— 곳에서는 노란 등불을 달고 저녁 정미소가 서 있고

정미소 집 딸의 창문마다 은은히 새어 나오는 처음 본 노
랗고 붉은
무량수전 불빛을 보느라 나는 곧
산문을 걸어 잠근다는 것도 모르고

파도

나 그 사람 얼굴 잊었거니
섬에서 돌 하나
파도에 묻고 돌아왔네

세월 흘러 서해
바닷가에 구르는 돌
잊혀진 얼굴 새겨져 있네

어느 순간 파도는 치고
돌 속에 물결무늬 남겼으리

바다에 어린 눈동자여
오 파도여 꽃이여
잊혀진 얼굴이여

얼굴 반질반질한 곳곳
거칠게 움푹 팬 자국
돌 속의 굽이치는 물길

파도는 파도를 넘어와 다시 치네

엄마의 섬

엄마 소녀를 모시고 외갓집에 가는 길이었다
엄마 요양원 가기 전에 소원이 외할머니 무덤에 가는 것

암태남강항에서 배를 타고 비금도로 향했다 엄마는
소녀보다 더 어린 나이, 기저귀를 차고도
몸을 가눌 수 없어 배 화물칸 아내의 차에 있고
나는 홀로 갑판 위로 올라왔다 먼— 외가 가는 길

비바람 불고 섬으로 가는 길 무인도와 유인도
엄마의 섬이 이리 많은 줄 몰랐다

섬 엄마는 스무 살 적 나병환자 되어
섬들을 떠나왔을 것이다 병든 아버지는 육지

육지에게 시집오기 위해 떠나온 섬을 생각했다
엄마는 섬보다 육지에서 더 살았으니까
섬은 뭉그러져서 육지가 되었을 것이다

— 바다는 숱한 섬들을 놔줘야지

　　— 등대는 배들을 놔줘야지

　　섬처럼 엄마를 업고 외할머니 무덤에 내려놓았다 도초도 어부인

　　외삼촌이 만세를 부른다 만세를 불러도 좋은 게 무덤 앞에 있구나

　　만세를 부르지 않았다면 무덤 같은 섬들은 문드러졌을 것이다

모란의 뒤안

당신은 모란의 풍경을 바라봅니다
멍든 식구들이 모여 잔치를 벌입니다
젖은 분홍신을 벗어놓고 달아납니다
마른 검정신을 벗어놓고 달아납니다

이젠 당신 입은 옷은 바스락거릴 터이고
누렇게 말라붙어 제자리 앉은
등신불처럼 되더라도 벗지 않고 기다려야 합니다

인적 없더라도 어둔 골목을 견뎌야 합니다
모란의 풍장 왜 뒤안에서 일어나는가

궁금해지면 제 스스로 벗어둔
신발들을 저만치 따라
뒤안에 돌아가 서성거려야 합니다

반지은하

우리는 반지 속에서 다리를 건넌다

만나는 장소가 어딘지 모르면서

반지

그녀의 아름다운 무덤에 엎드린 사내가 있다
그녀가 낀 금반지,

그는 제가 만든 무덤에 엎드려 맹세한다
모든 맹세는 무덤인 것을

아름다운 무덤이여 봄의 혼례여
내 시설을 들어라

  반지는 영혼을 잇는 고리
  우리는 반지 속에서 묶인다
  반지는 영혼이 몸을 만나는 장소
  우리는 반지 속에서 다리를 건넌다

그녀 집 앞 골목에서 기다리던
가끔 백내장 앓고 있는 가로등처럼
깜박거리지 않기 위해 깜박거리는 눈
하얗게 사라지기 전에 조금 늦는 사람

검게 암전하기 전에 조금 빠른 사람

언젠지 모르게 불이 나간

그 전구 갈아 끼우지도 못하고

뻑뻑한 청춘, 조금 늦는 사람은 조금 빠른 사람

전구를 돌려 끼우던

그가 어디 간 줄 모르고

환한 상갓집에

우리는 늦게 와 앉아 있다

별이와 달이

달이가 앉아 있다. 별이가 올라온다.

에어컨 실외기에 고양이 두 마리가 앉아 있다.

나는 고양이 뒷모양을 물끄러미 바라본다.

오후가 되어서야 볕이 비추는 것이다.

찬바람 속에서 아버지는 세상을 뜨고

나는 봄이 다른 봄이 오고 있음을 직감한다.

길고양이들이 용케 겨울을 견디어 내었다. 자식이 없는 아내는

겨우내 고양이에게 먹이를 주고, 물을 주고 스티로폼 집을 지어

잠자리를 마련해 주었다. 물은 미지근하게 데우고

스티로폼 집에는 손난로를 넣어주었다. 지하 주차장에 똥을 싸

미운털이 박힌 짐승은 눈치가 빠르다.

아파트 경비를 피해 밤에만, 밤에만

먹이를 준다. 나일론 끈에 매달린 물통이 내려간다.

스티로폼 집이 둥둥 내려간다.

별이와 달이는 에스키모 이글루 같은 집 속에서 포개져

자다 아침이면 늘어지게 기지개를 켜며 일어난다.

제4부

국립묘지

산상꽃밭 천상별밭

그녀의 뼈를 산상꽃밭에 뿌려요
고운 분말 뿌리에 스미면 꽃은 피고
꽃밭의 묘지기인 나는 꽃마중 하리니

모든 꽃들이 환한 계절
어느 영혼인들 돌아오지 않으랴!

바람에 꽃비 날리며 떠나더라도
또 꽃 무덤 생긴다
그녀의 뼈를 꽃밭에 뿌리면 꽃잎 피어요

그녀의 뼈를 천상별밭에 뿌려요
고운 빛이 닿아 별은 빛나고
별밭의 묘지기인 나는 별 마중 하리니

모든 별들이 환한 계절
어느 영혼인들 돌아오지 않으랴!

바람에 별이 스치면 떠나더라도

또 별 무덤 생긴다

그녀의 뼈를 별밭에 뿌리면 빛이 터져요

위로할 준비

나는 내 아들의 제물이었구나,
마치 맞지 않는 옷을 입고 연극을 하다
무대를 내려오며 옷을 벗어 던지는 배우처럼
아직 젊은 그녀가 외친다.

　　나는 분명 준비가 되어 있었다,
　　그녀에게 위로할 준비를.

내 아들은 천재예요, 시의 천재,
소년인 아들이 벌써 문단을 발칵 뒤집어 놨지요.
내가 죽기 전에 이 옷을 빚지 못한다면
내 시도 그림도 비평도 없을 거예요.

　　나는 분명 준비가 되어 있었다,
　　그녀에게 위로할 준비를.

그녀는 시인이요, 미인 화가다.
내가 잘되어야 하는데, 아들을 위해서라도

아니 나를 위해서라도……
그녀는 제 몸을 벗어던지듯
아들을 벗어던지려 한다.
그러나 한번 입은 옷은 벗지 못한다.
모두 상복이니 벗지 못한다!

　　나는 분명 준비가 되어 있었다,
　　그녀에게 위로할 준비를.

그런데 그녀는 거짓말처럼 심장마비로 죽고 말았다.
시인 아들과 나의 친구이기도 한 제 남편을 남긴 채.

　　나는 분명 준비가 되어 있었다,
　　그녀에게 위로할 준비를.

그녀의 『예술산책』이란 유고집과 추모행사를 보며
이십 년에 걸려 '위로할 준비'
이 시가 완성이 된 것이라는 생각이 들었다.

천성이 해맑은 친구는 그의 아내가 생전에
무엇 때문에 힘들었는지 모르는 것 같았다.

그녀의 아들은 슬퍼 보였지만 열심히 시를 쓰고 있는데
나는 죽은 그녀가 제물인 것 같아 이렇듯 시를 쓰는 것이다.

나는 분명 준비가 되어 있었다,
그녀에게 위로할 준비를.

모든 시는 연시다

태양의 최후는 하얀 별이다
붉은 태양은 오히려 하얗고 하얘서
그 열정 속에 하얀 재를 품고 산다

계절이 사라진 지구도
함께 데려가려 한다

마지막 생은
하얀 별 되어,
고고한 자태로 수의를 갈아입고
붉은 비단은 온 우주에 돌려주려 한다

안 그런가, 단 한 사람의 일생도
하루하루를 사는
태양의 여자는

모든 에너지를 써버리고
중력만으로 견디는 어머니처럼

Galaxy Sun

천상별밭 한가운데마다
우주 은하 한가운데마다
은하별밭 한가운데마다

은하태양이 신처럼 자리를 잡았는데
그를 천상별밭이 휘돌아 돌며
만개한 꽃들이 되어 빛나고 있었다

은하태양은 하나가 아니라 셀 수 없이 많았다
은하태양이 천상별밭을 만들고
가꾸는 일을 나 볼 수 없지만

모든 별들이 제 주위를 돌고 돌며
별밭을 이루도록 설득하는 일이
은하태양의 일임을 나는 알게 되었다

인간이 인간을 설득하고
신이 인간을 설득하듯

침묵의 은하태양이 별을 설득하는 것이다
천상별밭이 파괴되지 않는 것은

무거운 중력만이 아니라
수십억 년 침묵의 일이라서
내 잠깐 동안 꿈으로는 알 수 없다

애인의 학문에는 별이 뜬다

성대 앞 유물처럼 남은, 인문사회과학서점에 들어갔다. "어, 어. 알았어, 응, 응, 응. 나중에 통화해, 응, 응." 서점 주인아저씨가 스마트폰을 귀에서 내려놓고 내게 말을 건다.

"오셨었죠?" "아니오, 처음인데요. 지나가다 들렀어요, 그냥 구경하려고." 나는 시집 코너로 간다. "시 좋아해요? 가방 내려놓고 편하게 보세요."

이 서점의 구조는 《인터스텔라》 영화에 나오는 서가 같다. 미래 현재 과거의 책들이 겹치지 않고 모인 방, 큐브처럼 책꽂이들이 움직이며 반짝인다. 내 애인의 학문에는 별이 떠, LED 전광판처럼 책이 흘러가고 흘러온다. 흘러가는 책은 쏟아지는 별인지 모른다.

내가 시집을 과일 고르듯 들었다 놨다 했더니, "내가 좋은 것 드려야겠다." 주인아저씨가 자기 자리로 가서 A4 용지에 타이핑된 자작시를 가져온다. "마로니에 공원에서/ 눈이 빛나는 사람을 만나면/ 가벼운 사랑하게 해 주세요" 이런 구절을 낭독한다. 나는 왼손에 주인아저씨 시를 들고, 엉겁결에 오른손에 브레히트의 『살아남은 자의 슬픔』을 든 채, 계산을 마치고 지하에서 지상으로 올라온다.

아파트 사이사이 눈이 내리네

아파트 사이사이 눈이 내리면
눈 내리는 장엄을 볼 것이다

아파트 사이사이 눈이 내리면
아파트 흰 벽도 쏟아져 내리겠다,

아파트 흰 벽을 어루만지며
젖은 눈빛이 내리고,

아파트 사이사이 눈이 내린다
눈보라 속에서 사람이 돌아오고
돌아오는 사람이 보일 것이다

그 사람은 다정한 사람
아파트에서 뛰어내리는
폭설처럼 돌아왔다

아파트 사이사이 눈이 내리면

눈 내리는 사람을 볼 것이다

월요일만 있는 달력

해가 지면 달 따라 피는 꽃
달력

당신과 나 사이에는 이야기가 없다
달력만 걸려 있다

숫자만 있구나
기념일이 없구나
휴일도 아니어서 월요일만 있다

화수목금은 사라지고
토요일에만 만나는 우리는
조금 사리 견디고
달이 되려 했지만
달 부스러기에 파편

달력 한 장을 떼어낼 때마다
살의는 있지만 한 달이 떠나가고

우리는 달이 되는 줄 모르고 예민해진다

섹스

그가 내게 문상을 왔다.

건물과 마당

나는 그녀의 마당이 되고 싶지만
나에겐 마당 한 뼘 없다. 그녀가
홀로 기울어 서서히 해가 지면
그림자를 내려놓는 나는 마당,
마당이 되고 싶다. 나는 마당을 잃어버렸다.
잔디가 심어진 마당이 아니라 아무도 없이 텅 빈
마당을 본 지 오래되었다. 절간도 탑도 없이
떠돌며 시를 쓰며 마당이 되고 싶다.
나는 그녀의 마당, 가장 든든한 건물.

러브버그

흔하디흔한 사랑은
사랑이 아니었음을
사랑도 벌레가 되었음을

너와 헤어지고 집에 돌아와
캄캄한 골방에서 해진 방충망을 뚫고 들어온
벌레를 보며 시를 쓴다

우리는 검게 붙어 다니는 러브버그
공중을 날며 격정의 사랑을 해도

새가 되지 못한 우리는
사나흘 벌레가 되어 붙어 다니며
사랑을 하는 러브버그

백팔십도의 각도로
한 쌍이 되어 날던 사랑이
교미가 끝나면 우수수 떨어져 죽을까 봐

사랑에 겁먹고 나는 쓴다,
벌레가 쓰는 사랑의 시 한 편

벌레가 되어 책상에 엎드려
꼼꼼히 시를 쓴다

국립묘지

모든 애인과 적들과
함께 묻혔다

내가 사는 아파트는 소형 중형 대형
대통령도 별들도 막대기도
함께 살지만

내가 다니던 학교와 지척에 공동묘지가 있다
공동묘지와 학교가 지척에 있는 것은
학교가 공동묘지라는 것이 아니라
동작구 국립묘시가

원래 동작구의 대학과 한 몸이었다는 것이다
정치는 애인과도 함께 하고 적들과도 함께 한다
우리는 애인을 위해 기꺼이 국립묘지를 내준다

대통령의 동상과 애인의 동상은 모두 학교에 있다
그러니 학교는 공동묘지이다

공동묘지가 국립묘지가 되는 것은
수많은 적이 있기 때문이다

홀로 사는 무덤도 있지만
국립묘지는 대형 소형 아파트가 넘쳐난다
나의 공동묘지 직급은 교수가 아니다
나의 묘지 번호 103동 104호

모든 애인의 적들과
함께 묻혀
너의 국립묘지는 아파트이다

망우리 사랑

달항아리를 감싸안은 어린 딸 은파를 위해
내가 그때 볼펜을 꺼내어
조의금 봉투에 쓰다 보니

횡설수설 연시가 되어버렸다
문상객도 시인 몇 명밖에 없어서 그랬는지
나는 그녀에게 시밖에 바칠 게 없다

그녀 망우리 공동묘지는
시인 공동묘지여서
시인은 죽음도 낭비하지 미리

그대 맥은 특이해요

가슴 통증
심장혈관병원
심장병은
너를 사랑한 죄 때문인지 모른다고

나는 생각하며 하트가 그려진 병실마다 돌아다닌다
내가 24시간 심전도 기계를 차고
스무 살 때도 심장 일기를 쓴 적이 있는데
또 기계는 기계를 부르고 기계를 목걸이처럼
걸고 집에 왔다

며칠 후였다
가슴이 아파
산에 오르다 말고
내 맥박이 궁금해졌다

손목을 내밀어 보라고 했으나
그 사람이 누군지 알 수 없었고

심장이 두근거릴 때마다 나는

맥이 뛰나요
뛰나,

무릎을 가슴에 붙이고
새우처럼

체온을 재고 싶었다

내가 쑥스러워 팔을 내밀자

그대 맥은 특이해요
누가 내게 하는 소리인지
내가 내게 하는 소리인지
심장의 맥박은 뛰지만

여전히 어지러워

나의 아군인지

나의 적군인지 모르겠고

119를 부르지 않았는데

하늘에 주황색 헬기가 떠다니고

은하태양의 조문

음의 태양은 광녀의 이야기
우주광녀 이야기
은하 이야기는 광녀의 이야기

"마침내 스물두 해를 기다려 태양이 내게 조문을 왔어."
"22은하 년이군."

은하태양의 조문은 은하의 장례식!

제4의 인간형을 만들라, 우주적 이단아!

이건 내 이야기가 아니다
은하태양 이야기는 광인의 이야기
우주광인 이야기

모든 광인들이 모인 가운데
한 광인이 광녀의 시체를 범하려 한다
그러자 광인 중의 광인 시인이 시체를 바꾼다

은하태양

그녀 유골을 달항아리에 담아 먼— 서천까지 가서
서천꽃밭에 뿌린 어린 딸 은파 때문이었다
지상의 산상꽃밭이 천상꽃밭과 만나는 순간

은하태양과 우리 태양이 가장 가까이 만나는 순간
이억 년에 한 번 오는데
천상별밭 속에 천상꽃밭이 있기에 찾기가 힘들구나

이억 년에 한 바퀴씩 은하태양을 도는
우리 태양의 일을 아무도 기억하지 못한 것은
서천꽃밭을 잊어버린 사람들

달항아리 묻은 무덤 주위를
산상꽃밭으로 꾸미고 서천꽃밭이라 믿은 어린 은파는
그녀를 위해 날마다 물을 주었노라,

연시

은하태양은 내가 죽어서야
완성되는 시집
장시葬詩 한 편을 쓰다가 나는 죽었노라
모두 시 이야기일 뿐 내 이야기가 아니다
그래서 내 시는 모두 시설인지 모른다
왜 우주 시마가 찾아왔는지 모르지만
우주 은하 중심마다 있다는 거대한 은하태양
검고 푸른 빛 도는 얼굴
훔쳐보다가 엉겁결에 시를 쓰기 시작했다
은하태양의 입을 빌려
내가 내게 말을 하곤 했지
가엾은 시인아, 겁먹지 말아라
시가 너를 어디로 데려가리라
은하태양을 흠모하다 나는 죽었지만
시가 나를 어디로 데려가리라
은하태양은 아름답지만 아름답지만은 않고
한 곳에 있지만 먼 곳으로 움직인다

포옹

그의 생각은 독처럼 깊다,
그는 장독대처럼 오래 기다렸다

그녀의 옹관 속에 장맛이 깊어가고
모든 앙금이 가라앉는 세월이었다
그는 그녀 무덤에 비석이 되어 서 있었다

그가 상석에 올린 젯밥이 모래가 되고
무덤의 뼈가 나무뿌리를 끌어안고 울다
종잇장처럼 얇아졌건만

그녀 무덤의 뒤란은
빈 독마다 생각이 깊다

미인

그녀는 울지 않는 차가운 석상 같았다
미인은 왜 미인이냐
그녀는 인근에서 소문이 자자한 미인이었다

그때 화장터를 처음 간 나는 불아궁이 앞에서 꺽꺽 울었다
왜 그랬는지 화장장 굴뚝 연기를 바라보며 울음을 그쳤다
갑자기 주변의 나무들이 출렁거렸다
그 회오리바람을 나만 보았을까

그의 어머니는 식당 일을 하며 아들 삼 형제를 혼자 키웠다
장남인 그가 숙어 고향에서 화장을 시켰다

우린 대학 시절을 함께 보냈다
그는 졸업을 못 하고 죽은 것이다 그가
칠 년을 병상에 누웠다 죽어서인지 청년들은 조용했다
그가 죽어 그의 어머니는 미인이었다

천상별밭에 만개한 꽃이 되어 쓰는 연시

이병국

(시인, 문학평론가)

> 우주문학은 한 겹의 꽃잎이 아니라
> 여러 겹의 꽃잎이 감싸고 있다.
> ― 김영산, 『우주문학 선언』, 41쪽.

모든 시인은 제 나름의 시론을 지닌 채 작품을 창작한다. 허
나 기실 시인 대부분은 시대적 맥락에 기대어 당대의 요청을
시론에 담아 표현하며 미메시스적인 방법론에서 크게 벗어나
지 않는 것이 사실이다. 김영산 시인의 초기 시작 형태도 그러

했다. 한두 권의 시집을 상재할 때만 해도 리얼리즘에 기반한 시에서 벗어나지 않았다. 그런데 2000년대 후반, 그의 시적 세계는 놀라울 만큼 급격하게 전회를 시도했다. '우주문학'에의 지향이 그것이다. 앞선 시집, 이를테면 『게임광』(천년의시작, 2009), 『詩魔』(천년의시작, 2009), 『하얀 별』(문학과지성사, 2013) 등은 '우주문학'이라는 낯선 세계를 향해 뻗어나가는 김영산 시인의 새로운 시적 경향을 뚜렷하게 드러낸다. 그러나 '우주문학'이라는 시인의 전회를 우리가 명시적으로 이해하기 어려운 것도 사실이다. 시인의 학위 논문이나 일련의 평론집들을 따라 읽더라도 그의 독특한 시계視界에 공명하여 시를 읽는 것은 쉬운 일이 아니다. 그럼에도 김영산 시인의 시적 지향을 살필 수 있는 것은 시인이 쓴 『우주문학 선언』(국학자료원, 2021)의 문장("우주문학은 한 겹의 꽃잎이 아니라 여러 겹의 꽃잎이 감싸고 있다.")처럼 시인의 지향이 단 하나의 의미로만 이루어진 것이 아니라 나양한 의미가 중첩된 형태로 형상화되고 있기 때문이다. 전체적 상을 밝힐 수는 없다고 하더라도 부분을 통해 희미하게나마 어떤 상을 짚어볼 수는 있지 않을까 생각해 보게 된다.

제10회 한국서정시문학상 수상 시집이기도 한 김영산 시인의 이번 시집 『은하태양』은 위에서 언급한 시집들과 비슷하면서도 다른 결을 지닌다. 그것은 우주문학에의 지향을 서정적 언어로 풀어내는 데 있다. 이는 기왕의 시집들이 시인의 우주문학을 장시의 형태로 풀어냄으로써 이해되기 어려웠던 것과는 다르게 일종의 서정적 연시의 양태를 취함으로써 좀 더 쉽게 독자에게 다가가려는 노력의 일환처럼 보인다. 시인은 유사한 시적 대상을 반복해 형상화함으로써 여러 겹의 꽃잎처럼 사유의 중첩을 일으키는 한편 특정 공간을 '확장된 장소' 또는 '흐르는 장소'로 전환하여 독특한 미감을 구축한다. 이를 관통하는 시적 주체는 절대적 주체의 자리에서 대상을 재단하지 않으며 다양한 의미와 맥락에 기댄 상대적 주체로서 정서적 해체와 통합을 수행한다. 이를 '시마詩魔적 주체'라고 할 수도 있겠다. '시마'란 시를 짓고자 하는 생각을 일으키는 일종의 마력이라고 할 수 있는데 마력에 휩싸인 것처럼 시에 몰입한 상태라고 할 수 있을 듯하다. 김영산 시인의 여러 시편에서 등장하는 '시마'는 긍정과 부정의 의미를 모두 담지한 채 각각의 존재에게 투사되어 시인의 시적 태도를 반영하고 있다. 이는 시적 주체의 내적 갈등을 촉발하면서도 상처를 입지 않으려는 마음과 그것을 봉합하려는 노력 모두를 포괄하는 다층적 면모를 띤다. 이러한 점들은 김영산 시인이 염두에 두고 있는 시인이란 존재가 "현실의 시간과 우주의 시간을 짚어보면서 우주의 신비로운 과학에 감동받"으며 "문학의 시간으로 도착" 함으로써 "새로운 형식이나 새로운 내용을 통해 새로운 시를 창조"하는 데로 이어진다고 보는 것과 같은 맥락에 놓인다. 그럼으로써 "시인만의 고유한 시간, 즉 상상력의 시간은 인간의 깊은 상처를 초월해서, 깊은 사유를 만들어 내는 문학 밖의 시간"을 지닐 수 있게 되는 것이다(『우주문학 선언』, 206쪽). 김영산 시인의 고유한 상상력과 그 시간의 사유는 이번 시집에서 보다 선명히 드러나는 듯 보인다.

*

연신, 연신 연신내가 나를 부른다 시집 한 권이

내게 흘러 들어온다 연신내역 옆에는

연서시장, 연서를 쓰는 일이 생각난다

연서시장 좌판에서

당신을 위해 장을 보는 것이라면

이 연서를 누구에게 쓰고 있나

모든 연서는 장을 보는 마음

내게 꼼꼼히 장을 보라고

그리 이름이 지어진 것이다

—「연서시장」 전문

이번 시집의 서시 격인 「연서시장」에서 시인은 "모든 연서
는 장을 보는 마음"이라고 적는다. '연신내'라는 공간적 배경
은 여러 시편에서 반복해 등장한다. 시인이 혹은 시적 주체가
그곳을 자주 방문했던 곳임을 짐작할 만하다. 물론 이러한 사
실관계는 중요치 않다. 오히려 김영산 시인이 내세운 '나'라는
시적 주체가 연신내라는 공간을 경험적 장소로 전유하면서 반
복해 사유하고 감각하는 어떤 마음에 중요한 의미가 담겨 있
다고 보는 게 옳다. 연신내역 앞에 실재하는 연서시장에서 시
인은 "연서를 쓰는 일"에 대해 생각한다. 이는 연서시장의 '연
서'에서 비롯된 일이겠다. 이는 '연신'의 부사적 쓰임인 '잇따
라 반복해서 자꾸'라는 의미도 한몫한다. 거듭 반복하여 자꾸
"나를 부"르는 연신내에서 시인은 연서시장이라는 공간을 톺
는다. 객관적이고 개방된 공간은 반복된 경험을 통해 안정적
이고 친밀한 장소로 바뀐다. 연신내와 연서시장은 그저 그곳
에 있는 공간일 따름이었으나 그곳을 반복해 찾게 되고 공간
과 관계를 맺으면서 친밀한 장소가 된다. 이는 "당신을 위해
장을 보는" 마음과 교차하며 존재가 존재를 향해 관심을 기울

115

이고 마음을 주고받는 것으로 이어져 "모든 연서는 장을 보는 마음"이라는 선언적 진술을 가능케 한다. 애정을 담은 편지인 '연서'는 단지 연인 관계라는 협소한 틀에 머무르지 않는다. 동일한 제목의 시에서 "지구만 한 둥근 도마 위에서/ 우리도 우주적으로 만나고 헤어지는"(「연서시장」) 일을 생각한 것처럼 '연서'는 특정 공간을 넘어 친밀함을 주고받는 장소로 확장되어 의미화된다. 어쩌면 '연서시장'은 타인을 위해 "장을 보는 마음"을 '나'에게, 그리고 모든 존재에게 전하는 더 큰 존재이자 높은 층위에서 우리에게 영향을 미치는 "우주의 흐르는 주체"(『우주문학 선언』, 74쪽)인지도 모를 일이다.

시인은 연서시장에서 "나보다 먼저 죽은 사람"이 "다시/ 편지를 쓸 것 같은 생각"(「연신내」)을 하기도 한다. 삶과 죽음을 구별 짓는 현실적 행위와는 별개로 시인의 이러한 사유는 장소가 지닌 맥락을 지금의 관점에서 벗어나 과거와 연결시킴으로써 시공간의 무화를 형상화하는 데 기여한다. 이는 우주의 영속적인 시공간 개념에 기반한 사유로 비록 상상적 층위에서만 이루어질 따름이겠으나 이를 바탕으로 시인은 존재의 자취를 더듬고 그 부재를 감각하며 부정되지 않는 슬픔과 그 이후의 정동을 예비하도록 돕는다("나는 거리의 옛사랑을 쳐다보고/ 다시 말할 수 없는 거리를 만들고", 「송정시장」). 이러한 서정성은 "죽음에 겁먹지 않고/ 죽음을 부르는 노래"(「우리는 사랑을 견디지 못해 흩어졌네」)가 되어 개별 주체의 경험적 실체보다 그것을 가능케 하는 장소가 지닌 관계성에의 성찰로 이어진다. 이는 김영산 시인의 『은하태양』의 배면에 깔린 우주문학적 사유의 한 겹이라 할 수 있다.

꽃무릇 앞에서 그네를 탄다

꽃무릇 위에 올라서니
참, 재미없는 당신
꽃도 없이 어디 갔나
잎도 없이 돌아오나

꽃무릇 꽃밭은 기다리는 사람들뿐이다
그네에 태워 하늘 보면

모두 팔을 떼어준 사람뿐이다
                    ―「꽃무릇 앞에서 그네를 탄다」 전문

또 한 겹의 사유를 읽는다. "꽃무릇 앞에서 그네"를 타는 행위는 "꽃무릇"의 장소와 결을 같이 한다. 붉게 핀 꽃무릇의 화려함은 '추천鞦韆'과 어울린다. 그런데 이 '추천'은 그네에 머무르지 않는다. 그보다는 죽은 사람의 명복을 바라며 청한다는 '추천追薦'과 교직하는 듯 보인다. 붉게 물든 "꽃무릇 위에 올라서니" 당신의 부재가 절실히 느껴진다. 시인은 "꽃도 없이 어디 갔나/ 잎도 없이 돌아오나"라는 구절을 잇는다. 그리하여 화려한 시절을 지녀보지도 못한 채 사라진 당신을 "기다리는 사람들"로 가득한 "꽃무릇 꽃밭"은 처연하기만 하다. 기다림의 대상인 당신은 도래하지 않을 것이다. 그것은 아무리 우주적 시공간의 재배치를 감행한다고 해도 어찌할 수 없는 현실이다. 환상적 층위에서의 도래를 꿈꿔볼 수 있겠으나 이는 부재를 더욱 여실히 느끼게 할 따름이기에 시 속에 기입되지 않는다. 그래서인지 꽃무릇은 상사화相思花로도 불린다. (물론 정확히 따지면 상사화속에 속하는 꽃이다.) '이루지 못할 사랑'이나 '슬픈 추억', '죽음' 등의 부정적 의미가 덧붙는 것은 그 이유 때문일 것이다. 죽어 부재한 사람의 명복을 빌며 그네를 타는 이들은 "모두 팔을 떼어준 사람"들이다. 신체 일부분을 상실한 것과 같은 정념의 상태. 상실의 감정은 애도 속에서 치유될 수 있겠지만 애도는 우주의 크기만큼이나 영속성을 지닌 채 지속되며 현생을 지배할 것이다.

시인은 "작은 무지개"를 "두 손으로 받쳐서 오색 등불로 켜"(「처서」) 그 앞을 비춘다. "죽음 앞에 죽음의 시는 무슨 의미가 있나"(「서오릉」) 되묻기도 하지만, 당신의 "무덤에 소주 한 잔을 뿌리고"는 "가을보다 사랑이 먼저 찾아와서 다행이군요"(「가을보다 사랑이 먼저 오고」)라는 구절을 생각한다. 내적 갈등은 영속적인 애도를 잠식하지 않는다. "거리의 기억이 저무는 가운데"(「튤립나무」)에서도 시인은 시라는 '작은 무지개'를 놓지 않고자 한다. 알다시피 "시는 정해진 데로 써지지 않는"(「서오릉」) 법이라서 죽음 이후라는 시간과 삶이라는 장소를 전유하여 "한 포기의 새싹을 위한 시를 새로 써야"(「예술의 반역」) 하는 일을 반복할 수밖에 없는 것이다. "우리 태양이 여전히 은하태양을/ 이억 년에 걸쳐 한 바퀴 돌고/ 아스라이 시간 속에 시는 살아" 또 다른 "태양의 행로"로 존재할 테니 말이다(「예술의 반역」).

*

김영산 시인의 시편 중 '시마'를 존재의 수식어로 설정한 시들이 많다. 우주 시마, 시마왕, 소녀 시마, 소년 시마 등이 그러한데 이를 어떻게 바라봐야 하는지 분명치 않아 난해함으로 시를 읽게 되는 경우가 있다.

우주 시마여, 우주는 끝이 아니라 항시 시작이어서 시를 쓰지 않으면 안 됩니다. 네모나고, 둥근 액자. 삼각형 액자. 우리는 액자인가? 무엇에 갇혀 사는가? 이제 액자시밖에 남은 게 없습니다. 나는 액자시만 썼습니다. 별이 아니라 별 모양 액자 별이었습니다.

우주 시마여, 시는 쓰면 쓸수록 액자가 되어갑니다. 액자 게임 때문인지 모르겠습니다. 시보다는 나는 성자를 찾아 나서겠습니다. 시는 성자를 찾아 나섭니다. 하지만 모두 게임 속 성자일 뿐입니다.

　…(중략)…

나는 지금 성자 이야기를 쓰고 있지만 장례식장 이야기만 쓰고 있습니다.

　…(중략)…

소녀 시마여, 왜 내게서 떨어지지 않는 겁니까? 서오릉에 나를 이끈 것도 소녀 시마. 서오릉 시를 쓴 것도 소녀 시마. 왜 무덤의 액자에 담겨 있습니까? 우리는 모두 액자 시인입니다. 집에서 액자를 떼어내어 영구차에 싣고 공동묘지에 왔습니다.
　　　　　　　　　　　　　　　　　　　―「액자시」 부분

앞에서 언급한 것과 같이 '시마'는 시를 짓고자 하는 생각을 일으키는 일종의 마력으로 시에 몰입된 상태로 보는 게 옳을 듯하다. 이는 시인이 시를 쓰는 추동력이 되는 한편 스스로를 돌아보게 하는 성찰의 매개로 읽힌다. 인용한 「액자시」에서

'나'가 "우주 시마여"라고 호명하는 이유 역시 시인으로서의 자의식을 어떻게 구축해야 하는지 묻고 답하고자 함처럼 보인다. 『우주문학 선언』에서 시인은 남송南宋의 엄우가 쓴 『창랑시화滄浪詩話』의 문장 "만약 스스로 움츠러들면, 열등한 시마詩魔가 가슴 깊이 들게 되는데, 이는 뜻을 세움이 높지 않기 때문이다."(209쪽)를 빌린다. 이와 비교해서 이규보가 언급한 시마도 언급하는데 이는 광기의 주체가 지닌 몰입의 우위를 긍정하고자 하기 때문이다. 움츠러든 주체는 제대로 된 시마를 품을 수 없다는 점을 고려해 볼 때 김영산 시인이 시마를 존재의 수식어로 쓴다는 것은 시를 쓰는 존재를 몰입의 층위에서 광기의 주체로 재정립하고자 함으로 볼만 하다. "우주는 끝이 아니라 항시 시작"이라는 말은 완결되지 않는 우주와 언제나 현재 진행으로써 새로운 것들을 생성해 내는 시공간의 맥락 속에 시인은 존재하며 그러한 감각으로 "시를 쓰지 않으면 안"된다는 점을 강조하는 것이다.

"무엇에 갇혀 사는가" 묻고 그것을 돌파하기 위해 시를 쓰려고 하는 태도는 "시는 성자를 찾아 나"서는 여로에 놓인 것으로 본다. 그러나 지금 시인은 "성자 이야기를 쓰고 있지만 장례식장 이야기만 쓰고 있"다고 자책한다. 시인은 "무덤의 액자에 담겨" 있는 존재로 시인의 자리를 설정한다. 그렇다고 김영산 시인이 죽음만을 이야기하는 것에 대해 부정하는 것은 아니다. 오히려 저 자책하는 존재로서 시인의 자리를 마련하려는 시적 자의식은 "아무 말도 하지 않더라도"(「모든 시는 연시다」) 연결된 채 나아가는 데로 시인을 존재케 한다. 이는 모두 언어의 우주에서 일어나는 일이라서 그 어떤 "장례식장 이야기"여도 시는 쓰여야 하며 시인은 그것을 기록해야 하는 것이다. 상실과 결핍, 그 결락을 액자에 담아 기록하는 일이야말로 '양의 태양'으로 배제된 '음의 태양'을 노래하는 시의 자리일 테니 말이다. (김영산 시인의 이러한 시적 지향은 고향인 나주를 배경으로 나환자를 소재로 한 일련의 시편에서 좀 더 분명하게 드러난다.) 그러니 "언어의 자폐"(「섭동이론」)에서 벗어나 "아무도 찾아오지 않아 수풀이 말라가는/ 겨우내 봉긋봉긋 드러나는 무덤들 곁에서"(「공동묘지」) 그 어떤 "죽음도 낭비하지" 않게 그것을 기억하고 시로 써야만 하는 것이다.

나는 그녀의 마당이 되고 싶지만
나에겐 마낭 한 뼘 없다. 그녀가
홀로 기울어 서서히 해가 지면
그림자를 내려놓는 나는 마당,
마당이 되고 싶다. 나는 마당을 잃어버렸다.
잔디가 심어진 마당이 아니라 아무도 없이 텅 빈
마당을 본 지 오래되었다. 절간도 탑도 없이
떠돌며 시를 쓰며 마당이 되고 싶다.
나는 그녀의 마당, 가장 든든한 건물.

—「건물과 마당」 전문

그녀의 뼈를 산상꽃밭에 뿌려요
고운 분말 뿌리에 스미면 꽃은 피고
꽃밭의 묘지기인 나는 꽃마중 하리니

모든 꽃들이 환한 계절
어느 영혼인들 돌아오지 않으랴!

바람에 꽃비 날리며 떠나더라도
또 꽃 무덤 생긴다
그녀의 뼈를 꽃밭에 뿌리면 꽃잎 피어요

—「산상꽃밭 천상별밭」 부분

"나는 그녀의 마당이 되고 싶지만/ 나에겐 마당 한 뼘 없다"
는 시인의 저 발화는 애도의 장소를 마련하지 못한 시적 주체
의 애절함에 기댄다. 기실 마당은 안과 밖을 연결하는 공간이
자 사회적 공간으로써 소통의 역할을 수행한다. 또한 다른 무
엇을 위해 사용되는 가능성의 공간이기도 하다. 연결과 소통
의 매개이자 가능성의 장으로써 "그녀의 마당"이 되고 싶은
'나'가 그럴 수 없는 것은 그녀의 부재로 비롯된 것이다. 그녀
의 상실은 "마당을 잃어버"린 존재로 '나'를 위치시킨다. 대상

의 부재와 공간의 상실은 어디에서도 존재 이유를 찾을 수 없는 소외된 자리로 주체를 내몬다. '나'는 "아무도 없이 텅 빈" 모든 가능성의 공간으로부터 배제된 채 그 어떤 장소도 갖지 못하고 떠도는 존재로 전락하는 것이다. 이 전락의 감각은 존재의 죽음을 배면에 깔고 있다. 그녀의 부재뿐만 아니라 '나'의 부재를 동시에 배태한다. "절간도 탑도 없이/ 떠돌며 시를 쓰며 마당이 되고 싶다"고 하는 '나'는 자신의 부재로 인해 "그녀의 마당, 가장 든든한 건물"이 될 수 없다.

그러나 좌절하고 있을 수만은 없는 노릇이다. 시인은 '나'로 하여금 "그녀의 뼈를 산상꽃밭에 뿌"려 "꽃"을 피우는 자리로 이동하게 한다. 마당이라는 인위적 공간에서 벗어나 "산상꽃밭"으로 옮기곤 "꽃밭의 묘지기" 역할을 맡긴다. 대상의 부재를 주체의 부재로 삼아 애도조차 할 수 없는 존재로 전락시키지 않으려 다른 형태로 상실을 승화시키는 것이다. "어느 영혼인들 돌아오지 않으랴!"는 김각은 죽음을 부정하지 않으며 이를 넓은 층위의 시공간으로 확장하여 순환적 우주의 시공간에 존재를 두려는 시인의 의지에 기반한다. 시인은 이야기한다, "우리 태양이 여전히 은하태양을/ 이억 년에 걸쳐 한 바퀴 돌고/ 아스라이 시간 속에" 존재하듯이 "한 번도 헤어진 적이 없고 한 번도 만난 적이 없는/ 이억 년의 고독"(「예술의 반역」)을 '시'로 살아낼 수 있다고 말이다. 부재를 의미하는 "뼈를 꽃밭에 뿌리면 꽃잎 피"어나듯 그 양태를 달리하여 돌아올 것이라는 믿음. 이 믿음의 주체를 광기의 주체라고 해도 좋을 듯하다. 이 광기 주체의 사유가 부재와 존재를, 주체와 장소를, 내부와 외부를 연결하여 새로운 빛의 가능성으로 돌아오게 할 것이라고, 그리고 이를 위해 시마의 몰입을 체화하여 시를 써야 한다고 김영산 시인은 이번 시집을 통해 이야기하는 듯하다.

*

이억 년에 걸쳐 은하태양을 한 바퀴 도는 "우리 태양의 일을 아무도 기억하지 못한 것은/ 서천꽃밭을 잊어버린 사람들"이라 시인은 "무덤 주위를/ 산상꽃밭으로 꾸미고" "날마다 물을 주"어 그것을 시의 우주에 담아야 한다(「은하태양」). 당연하게도 이는 상당히 어려운 일이 될 것이다. 그것은 웬만한 광기 주체가 아니고서는 품기 어려운 밀도를 지니기 때문이다. 김영산 시인이 지향하는 우주문학은 우주가 지닌 광대함만큼이나 한눈에 품기 어려운 것이 사실이다.

은하태양은 내가 죽어서야

완성되는 시집

장시葬詩 한 편을 쓰다가 나는 죽었노라

모두 시 이야기일 뿐 내 이야기가 아니다

그래서 내 시는 모두 시설인지 모른다

왜 우주 시마가 찾아왔는지 모르지만

우주 은하 중심마다 있다는 거대한 은하태양

검고 푸른 빛 도는 얼굴

훔쳐보다가 엉겁결에 시를 쓰기 시작했다

은하태양의 입을 빌려

내가 내게 말을 하곤 했지

가엾은 시인아, 겁먹지 말아라

시가 너를 어디로 데려가리라

은하태양을 흠모하다 나는 죽었지만

시가 나를 어디로 데려가리라

은하태양은 아름답지만 아름답지만은 않고

한 곳에 있지만 먼 곳으로 움직인다

—「연시」 전문

　그럼에도 김영산 시인이 추구하는 우주문학은 발화되지 못해 은폐된 세계의 이면을 들춰내어 새로운 이야기를 적어나가려는 시도를 지속하고자 한다. "내가 죽어서야/ 완성되는 시집"은 "모두 시 이야기일 뿐 내 이야기가 아"닐지도 모르지만, 그것은 "우주 은하 중심마다 있다는 거대한 은하태양"의 "검고 푸른 빛 도는 얼굴"을 "훔쳐보다가 엉겁결에" 쓴 것만은 아닐 것이다. 그러니 "가엾은 시인아, 겁먹지 말"라고 말할 수 있는 것이 아닐까. 시는 '나'와 '너'를 어디든 데려갈 것이다. 그리하여 "한 곳에 있지만 먼 곳으로 움직"이며 "아름답지만 아름답지만은 않"은 나와 우리의 이야기를 죽음을, 우주를 가로질러 지금 이곳에 닿는 서정의 감각으로 풀어낼 것이다. 그 시적 여정에서 그 어떤 "죽음도 낭비하지"(「망우리 사랑」) 않고 쓰인 김영산 시인의 시는 천상별밭을 "휘돌아 돌며/ 만개한 꽃들이 되어 빛"(「Galaxy Sun」)날 것임이 분명하다. ▨

| 김영산 |

전남 나주에서 태어나 중앙대 문예창작과 및 동대학원을 졸업했다.
1990년『창작과비평』겨울호로 등단하여,『冬至』『평일』『벽화』
『게임광』『詩魔』『하얀 별』등의 시집을 냈고, 산문집『시의 장례가
치러지고 있다』와 평론집『우주문학의 카오스모스』『우주문학 선
언』『우주문학과 시』등을 펴냈다. 중앙대 겸임교수 및 한국예술원
문예창작학과 교수를 역임했다. 제10회 한국서정시문학상을 수상
했다.

이메일 : kyc4725@hanmail.net

현대시 기획선 115
은하태양

초판 인쇄 · 2024년 11월 5일
초판 발행 · 2024년 11월 10일
지은이 · 김영산
펴낸이 · 이선희
펴낸곳 · 한국문연
서울 서대문구 증가로29길 12-27, 101호
출판등록 1988년 3월 3일 제3-188호
편집실 | 서울 서대문구 증가로31길 39, 202호
대표전화 302-2717 | 팩스 · 6442-6053
디지털 현대시 www.koreapoem.co.kr
이메일 koreapoem@hanmail.net

ⓒ 김영산 2024
ISBN 978-89-6104-373-1 03810

값 12,000원